ANNE DESLAURIERS

Le Prof d'un jour

D1248662

Éditions de la Paix

Nous remercions le Conseil des Arts du Canada de l'aide accordée à notre programme de publication.

Nous reconnaissons l'aide financière du gouvernement du Canada par l'entremise du Programme d'aide au développement de l'industrie de l'édition (PADIÉ) pour nos activités d'édition.

Anne Deslauriers

Le Prof d'un jour

Illustration Jean-Guy Bégin

Collection *Dès 6 ans*, no 24

Éditions de la Paix

pour la beauté des mots et des différences

© 2003 Éditions de la Paix

Dépôt légal 1er trimestre 2003
Bibliothèque nationale du Québec
Bibliothèque nationale du Canada

Imprimé au Canada

Illustration Jean-Guy Bégin
Graphisme Vincent Gagnon
Révision Jacques Archambault
Consultant Gérard Blouin

Éditions de la Paix
127, rue Lussier
Saint-Alphonse-de-Granby
Québec J0E 2A0
Téléphone et télécopieur **(450) 375-4765**
Courriel **info@editpaix.qc.ca**
Site WEB **http://www.editpaix.qc.ca**

Données de catalogage avant publication (Canada)

Deslauriers, Anne, 1961-

    Le prof d'un jour

    (Dès 6 ans ; 24)
    Comprend un index.

    ISBN 2-922565-65-3

    I. Bégin, Jean-Guy. II. Titre.
III. Collection: Dès 6 ans ; 24.

PS8557.E783P76 2003   jC843'.6   C2003-940209-6
PS9557.E783P76 2003
PZ23.D47Pr 2003

Merci à mes parents

et ma famille,

mes amis

et amis Internet

pour leur encouragement.

Un merci spécial à Aline Robert,

professeur de français.

CHAPITRE PREMIER

CONCOURS

Bonjour, je me présente, Pat Ledur, et je vais vous raconter mon histoire. Avec mon allure de rebelle et pas studieux pour deux sous, je ne pensais jamais gagner le concours « Professeur d'un jour » à mon école qui s'appelle l'Avalanche.

Tout cela a commencé par une journée triste et pas drôle du tout. Au début, je voulais seulement m'amuser. Alors, j'ai dit à l'enseignante :

— Vous devriez faire un concours pour vous remplacer une journée.

À ma grande surprise, madame Elmina Redingote a dit oui !

Mon affaire ne marchait plus du tout. Moi qui voulais seulement rire un bon coup et faire rire toute la classe...

Tout s'est retourné contre moi. Même Gertrude Labelle Binette trouva ça merveilleux. Tous voulaient gagner, sauf moi. Je faisais ça comme une blague.

Dès le lendemain, l'enseignante avait trouvé plein d'idées pour faire le concours. Les élèves mettaient leur grain de sel, toutes des idées abracadabrantes. Mais moi, je me faisais tout petit à ma place.

Pour gagner le concours, les élèves ont fait de drôles de suggestions. Exemples : manger le plus de biscuits... dessiner des enseignants au tableau... et la plus cocasse, faire des grimaces... Les plus laides permettraient de devenir le prof d'un jour.

Pas si cocasse que ça, en fin de compte, car si vous aviez vu madame Redingote, vous comprendriez !

Quand le temps du concours est arrivé, je n'étais pas bien gros dans mes souliers. J'avais tellement peur de gagner que j'ai attiré la chance. Madame Redingote tira un nom et dit :

— Le gagnant est Pacifique Ladouceur.

Je n'aime pas entendre ce nom parce que c'est mon vrai nom. Pat Ledur est mon surnom, car je n'ai pas toujours été un élève modèle. J'étais plutôt un rebelle, mais je commençais à changer.

Bien oui, j'avais remarqué une fille coquette, assez dans mes goûts, merci !

L'enseignante m'a fait son plus beau sourire et m'a demandé de me lever et de prendre sa place. MAIS je n'étais pas prêt du tout, moi !

— Est-ce qu'on peut remettre ça à demain, Mademoiselle ?

Et elle m'a répondu :

— D'accord. Tu te prépareras ce soir, et demain, tu seras notre prof d'un jour.

Blême, je suis parti chez moi, pas trop encouragé. Popole m'a rattrapé et m'a dit :

— Ouais ! c'est bien, tu vas nous faire rire demain.

— Pourquoi ?

— Parce que c'est toi, le bouffon, toi qui dis toujours des plaisanteries.

— Merci , mais c'est important d'être professeur, un bon professeur. J'aimerais peut-être ne pas dire de niaiseries pour une fois. Je voudrais que mes parents soient fiers de moi. Je voudrais être un chef, le roi, le meilleur, mais je ne sais même pas quoi dire.

— Bof, tu trouveras bien. Salut, Pat.

— Salut, Popole.

Plus loin, j'ai rencontré Gertrude, la meilleure de la classe.

— Salut, Gertrude, ça va ?

— Ah ! Mais c'est Pacifique Ladouceur !

Ça m'écorchait les oreilles de me faire appeler ainsi.

— Ouais...

Je ne savais pas comment réagir.

— Tu es chouette aujourd'hui.

— On me complimente maintenant ?

— Est-ce que tu es content d'avoir gagné le concours ?

— Ouais.

— Tu ne sais que dire *ouais*, on dirait, m'a-t-elle répondu avec un de ses sourires qui lui va si bien.

Arrivé chez moi, il n'y avait personne. Mes parents étaient au travail et ma sœur aînée, encore à l'école. Bon, à l'ouvrage !

Aujourd'hui, mes chers élèves..., non ça ne va pas !

Aujourd'hui, mes camarades...

Ah non ! Mon chien est parti avec ma feuille.

Ah !... Oh !... ouais, ouais, ouais, crotte de maringouin, j'ai trouvé ! J'amènerai mon chien à l'école. Les amis aiment les chiens. C'est réglé. Youppi ! Hourra ! Bravo !

CHAPITRE 2

MOI, PROFESSEUR

Le lendemain, rien n'allait bien, car mon chien ne voulait pas me suivre, et j'avais très mal au ventre. Ma mère me disait de me dépêcher et ma sœur était dans la salle de bains.

En route pour l'école, j'ai perdu plusieurs fois mon chien qui s'appelle Roméo. Je me dépêchais et je suis tombé dans la boue. Comble de malheur, j'avais perdu mon sac, à mon arrivée à

l'école. En plus, j'avais com-
plètement oublié de demander au
directeur si mon chien pouvait
me suivre en classe.

Le directeur, Monsieur Petit,
qui avait l'air d'un éléphant avec
ses grandes oreilles et ses 150
kilos, m'a accueilli sur le pas de
la porte...

— Bonjour, que fais-tu avec
ton chien ?

— Je , je , je...

— Et tout sale, en plus.

— Bien, bien, bien...

— Alors, que fais-tu ici avec ton chien ?

J'essayais de trouver une idée lorsque Gertrude Labelle Binette est arrivée.

— Bonjour, lui dis-je.

— Tu es toujours le prof, ce matin ?

— Oui, oui et j'essayais d'expliquer tout ça au directeur qui m'a laissé passer.

Arrivé dans la classe, tout le monde a ri, car j'avais mis ma chemise à l'envers et il me manquait une chaussette. De plus, j'étais plein de boue et mon chien avait l'air bizarre avec ses grandes pattes sales.

J'ai expliqué d'abord les caractéristiques de mon chien qui est un bouvier des *flammes* géant. J'ai aussi parlé de son comportement, de sa nourriture et de ses habitudes. Tout le monde a applaudi. Je n'ai pas oublié de dire que mon chien, par contre, était un peu gaffeur.

Puis, il fallait que je trouve quelque chose pour les faire travailler, mais quoi ? Mon chien se promenait partout, alors j'ai eu une idée.

— Vous allez écrire ce que vous avez compris sur mon chien, leur dis-je, très fier de moi. Il y a eu beaucoup de protestations, mais madame Redingote a jeté un regard circulaire dans la classe. Fina-lement, tout le monde a sorti une feuille. Elmina était fière de moi, car elle aimait les exposés avec de vrais exemples. Par contre, elle me surveillait de près.

Après leur écrit, c'était enfin le temps de la récréation. Tous sortirent, sauf Gertrude qui m'a complimenté :

—Bravo, tu as réussi le début de ta journée !

— Merci, lui dis-je en rougissant.

Après la récréation, avec l'aide du professeur, on a fait un concours de mathématiques en deux équipes, car j'étais très bon en math. Je pouvais donc les corriger en cas d'erreur.

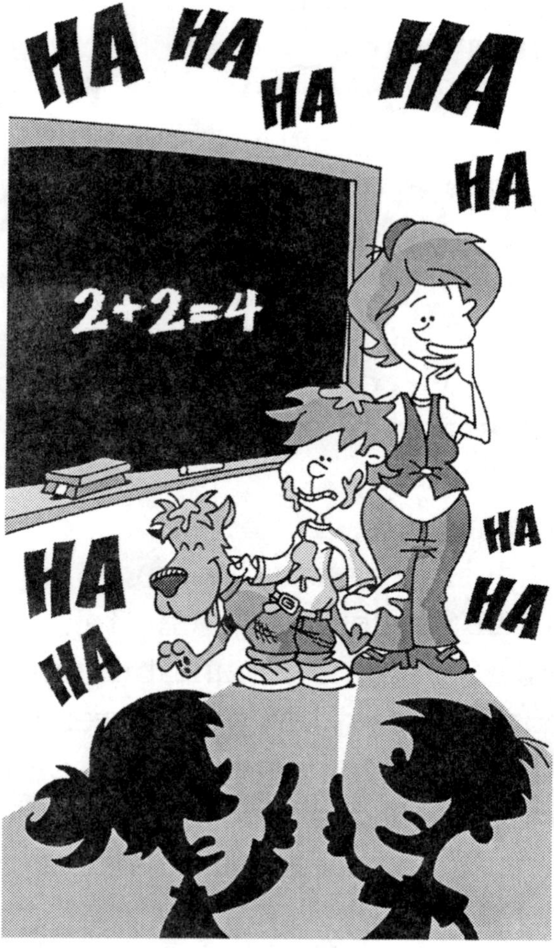
HA HA HA HA
HA
2+2=4
HA HA
HA HA

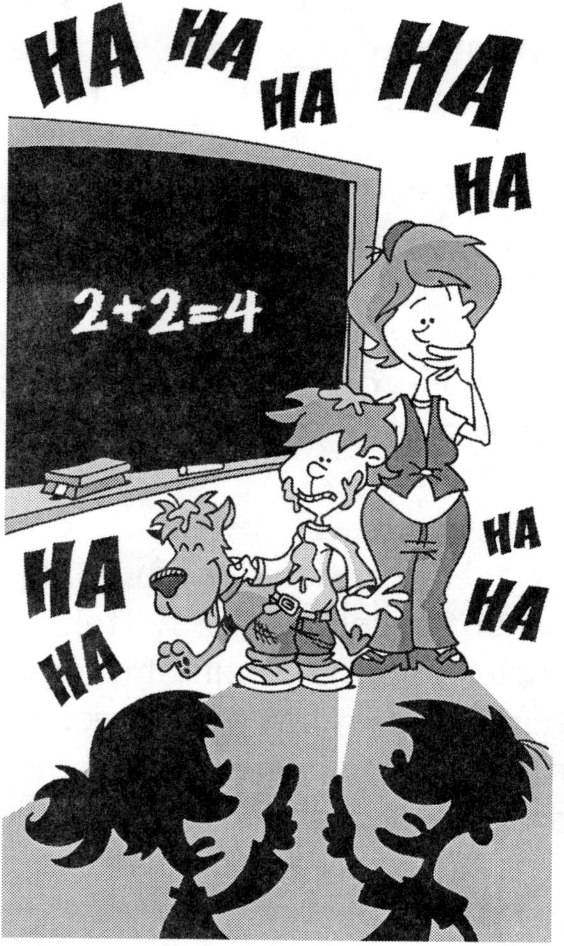
HA HA HA HA
HA
2+2=4
HA HA
HA HA

CHAPITRE 3

MYSTÈRE

L'heure du repas est vite arrivée et tout le monde a couru pour aller dîner.

— Mission accomplie, Roméo, nous avons fait un bon travail, lui dis-je.

Malheur ! j'avais oublié mon lunch et celui de mon chien. Madame Redingote m'a alors invité :

— Bravo, Monsieur Ladouceur, vous venez dîner avec moi ?

— Oui, non! Je veux dire que j'ai oublié mon lunch.

— Venez, je vous invite à la cafétéria, mais avant, je vais aller chercher mon sac dans ma voiture. Allez m'attendre à la cafétéria.

— D'accord, merci.

Après une demi-heure d'attente à la cafétéria, mon chien s'est mis à aboyer. Madame

Redingote n'était pas arrivée, cela m'inquiétait un peu.

Popole était venu me rejoindre et, voyant que je n'avais pas dîné, il me donna son dessert et sa collation de l'après-midi.

De retour en classe, pas de trace du professeur. J'ai cru que c'était une nouvelle épreuve. Alors, je leur ai donné une récitation. Tous mes amis me regardaient avec de gros yeux.

La récréation de l'après-midi est arrivée rapidement. J'ai reçu une lettre par courrier spécial de madame Redingote.

Elle avait eu une urgence et me demandait de la remplacer pour l'après-midi. Elle m'invitait aussi à donner une copie de sa lettre au directeur qui pourrait nous surveiller en cas de besoin.

Je ne croyais pas un mot de cette lettre, car je n'avais pas reconnu son écriture. Et j'ai oublié de donner la lettre au directeur.

Il fallait que je rassure la classe quand même. J'ai dit que notre enseignante s'était absentée pour l'après-midi.

Gertrude ne m'a pas cru, car j'étais blanc comme un drap. Elle vint me voir après la classe avec Popole, et je leur ai tout raconté au sujet de la lettre bizarre que j'avais reçue.

Nous avions lu la lettre pour la dixième fois quand Gertrude s'est exclamée :

— Pat, — c'était la première fois qu'elle m'appelait Pat, et j'en étais tout heureux —, Pat, ton chien pourrait nous aider... je crois que notre professeur a été *kidnappé*.

Elle se croyait dans un roman policier, mais on a tenté le coup.

— Roméo, cherche madame Redingote.

Roméo est loin d'être un chien policier. On lui a fait renifler le foulard de l'enseignante et zut !... il s'est mis à le mordre et à le déchirer.

Après la classe, nous sommes allés voir le directeur, monsieur Petit, qui était en train de déguster des gâteaux.

— Bonjour , lui dis-je.

— Bonjour, les enfants, voulez-vous un gâteau ?

— Non merci, Monsieur, nous avons un problème, un gros, un méga problème, car nous avons perdu notre enseignante.

— Mais c'est impossible, les enfants.

— Oui , oui, dit Popole.

Sur ce, mon chien est arrivé avec quelque chose dans la gueule : la lettre du professeur pour le directeur.

— Où as tu pris ça, Roméo ? demanda Gertrude.

Sans aucune réaction, le chien s'est couché sur un gâteau que le directeur a laissé tomber. Puis il a refusé de se lever.

— Oups , j'ai oublié de vous remettre la copie de la lettre que notre enseignante a envoyée. Je crois que ce n'est pas elle qui l'a écrite.

Aujourd'hui, je crois qu'elle avait écrit trop vite. C'était pour ça que je n'avais pas reconnu son écriture.

Alors, il est arrivé quelque chose d'incroyable, d'effroyable et d'incompréhensible. Madame Redingote a passé devant nous sans nous regarder. Elle était habillée d'un costume de l'armée et avait les cheveux d'un vert éclatant.

On s'est tous précipités à sa suite, mais elle marchait si vite !... Puis, comme d'habitude, Roméo qui est toujours un peu lourdaud, nous a tous fait tomber. On l'a perdue de vue.

Pendant ce temps, Gertrude est allée voir des amis et des voisins de madame Redingote.

Elle prenait son rôle de détective au sérieux.

Elle a appris des choses bizarres : madame Redingote, disait-on, travaillait aussi pour l'armée et elle n'aimait pas les enfants.

Gertrude ne comprenait rien, mais rien du tout. Le professeur adorait aussi les insectes en voie de disparition. En plus, elle était dans un groupe de survie pour insectes, le G.S.I.

Entre-temps, à l'école, le directeur était en train de chercher une remplaçante. On ne savait pas si on reverrait bientôt notre enseignante.

Le téléphone a sonné et une dame a commencé à parler très vite et bizarrement. Elle disait avoir été choisie par le professeur pour la remplacer. Monsieur Petit ne comprenait pas vraiment. Il a quand même accepté, tout heureux de ne plus devoir chercher une remplaçante.

CHAPITRE 4

MADAME BEAUVALON

Mais qu'était-il arrivé à notre enseignante ?

Madame Redingote était présidente du G.S.I. (Groupe de survie des insectes). Quand elle est allée chercher quelque chose dans sa voiture, elle a demandé qu'on l'appelle sur son portable.

Il se tenait une réunion extraordinaire sur les insectes à

Tokyo. Elle a alors demandé à sa jumelle de prévenir l'école.

Malheureusement, avec sa sœur qui s'appelait Juliette Beauvalon (à cause de son mariage), rien n'était simple. Juliette a eu l'idée de la remplacer sans prévenir le directeur.

C'est ainsi qu'est arrivée à l'école, le lendemain, madame Juliette Beauvalon. Elle ressemblait à sa sœur comme deux gouttes d'eau, sauf pour une énorme verrue qui s'épanouissait sur son nez.

Elle portait son costume de l'armée, car elle semblait avoir peur des enfants. Tous les élèves la regardaient abasourdis. Ils se demandaient ce qui avait bien pu arriver à madame Redingote.

— Bonjour, levez-vous, nous allons chanter l'hymne national.

— Quoi, mais ... dit Pat.

— Silence. Garde à vous !

Tout le monde s'est levé, sauf moi. La nouvelle enseignante, madame Beauvalon, semblait très fâchée. Elle m'a demandé à nouveau de me lever. J'ai encore refusé. Alors elle est devenue toute rouge.

Elle a crié :

Voulez-vous vous lever ?

— Non, Madame.

— Allez chez la directrice.

— Mais on n'a pas de directrice.

— Alors , chez le directeur.

Elle était toute rouge, et avec ses cheveux verts, cela faisait très bizarre!

Tout à coup, on a vu plein de *bibittes* bizarres qui sortaient de l'armoire. Madame Redingote avait une collection d'insectes endormis dans son armoire pour un exposé. Les cris les ont réveillés.

On a tous eu peur, mais on croyait que notre enseignante nous protégerait. Mais elle avait l'air d'avoir plus peur que nous. Elle est devenue verte, bleue et mauve...

On a tous éclaté de rire ! On aurait dit que de la fumée lui sortait par les oreilles. Elle nous a crier d'aller tous chez la directrice. En chœur, on lui a répondu :

— On n'a pas de directrice, mais un directeur !

Encore plus fâchée et de toutes les couleurs de l'arc-en-ciel, elle nous a crié :

— Allez tous chez le directeur !

CHAPITRE 5

LES INSECTES

Pendant ce temps, à Tokyo, madame Redingote était prise avec plein d'insectes malades qui avaient changé de couleur et de grosseur. Elle en a parlé à monsieur Yamamoto.

— Il faudrait probablement les apporter au Québec. J'ai un laboratoire dans le grenier et je pourrais les soigner chez moi.

Elle a demandé un permis spécial pour apporter les *bibittes* au Québec. Surtout qu'elles étaient malades !

En classe, rien n'allait bien. Madame Beauvalon — qu'on croyait être madame Redingote — avait grimpé sur le bureau. Elle n'avait peur de rien, sauf des insectes. Roméo jappait et toute la classe était sens dessus dessous. Monsieur Petit, alerté, est arrivé à la porte.

— Mais que se passe-t-il ici ?

— Rien, dit madame la remplaçante.

Les *bibittes* fatiguées de tout ce brouhaha retournèrent dans l'armoire. Peut-être qu'elles n'étaient pas réveillées tout à fait.

Le gouvernement du Japon a accepté d'envoyer deux *bibittes*. Mais elles devaient être dans une boîte spéciale et isolée dans un compartiment de l'avion. Madame Redingote est partie le jour même. Elle avait hâte d'arriver dans sa maison pour procéder à des tests sur les *bibittes*. Elle avait une bonne idée de ce qu'il fallait faire. Mais c'était très urgent, a-t-elle pensé.

Pendant le vol, l'état des *bibittes* est resté stable. À l'atterrissage, elles ont changé de couleur pour devenir jaune pâle. Madame Redingote est devenue triste, car elle croyait arriver trop tard. Une larme coula sur sa joue.

Elle prit un taxi et donna son adresse : 44, rue des Pinpinettes. Arrivée chez elle, un message sur son répondeur lui disait d'aller à l'école de toute urgence.

Elle a décidé d'apporter les *bibittes* pour les surveiller.

En arrivant dans sa classe, madame Redingote a eu la surprise de voir sa sœur sur un bureau avec ses élèves dans le coin de la classe.

— Mais que se passe-t-il ici ? dit-elle.

Les élèves n'en croyaient pas leurs yeux : il y avait deux madame Redingote !

Caramel, une petite fille de la classe, a dit :

— Ah ! mais madame Redingote deux a une grosse verrue sur le nez.

Nous avons tous éclaté de rire et cela a réveillé les *bibittes* qui sont sorties de l'armoire.

— Br ... dit Popole.

— Gr ... dit Gertrude.

— Vr ... dis-je.

— Non, ne craignez rien, ce sont de braves insectes, a assuré madame Redingote.

Elle nous a tout expliqué, mais c'était difficile à croire... Madame Beauvalon, un peu vexée, a été remerciée. Et nous avons été pris avec le problème des insectes malades de Tokyo.

Madame Redingote a sorti les moustiques de leur boîte et les a déposés sur le bureau. Tous les enfants, et même les autres insectes de la classe, ont entouré les nouveaux insectes malades.

Je croyais qu'il n'y avait rien à faire, et tous semblaient de mon avis.

On voulait tous aider en même temps, mais ça causait tout un brouhaha dans la classe. Madame Redingote réclama le silence.

Dans le calme, on trouverait peut-être une solution. Alors, on s'est tous mis à chercher dans les livres, revues, Internet, etc. Mais rien à faire.

J'ai eu une idée. Sans le dire à personne, j'ai appelé ma mère qui est experte en moustiques chez nous. En plus, elle est infirmière.

Il n'y avait personne chez moi comme d'habitude ! Mes parents sont toujours trèèès occupés, comme la plupart des parents.

Je lui ai laissé ce message sur le répondeur :

SOS maman... besoin de toi ... à l'école... problème... de maladie.

Un peu plus tard, Dauphine, ma mère, m'a rappelé pour me dire :

— J'arrive tout de suite.

J'ai été surpris, car ma mère, d'habitude, n'a jamais le temps.

Elle est arrivée avec une grosse mallette. J'avais oublié de lui dire qui était malade. Oups !

On a cherché tout l'après-midi avec son aide, mais rien à faire. Les *bibittes* étaient devenues toutes petites et prenaient une couleur bizarre. Tous très tristes, nous allions rentrer chez nous quand...

Charlotte laissa tomber un de ses suçons sur la table. Elmina laissa échapper un cri. L'un des insectes lécha le suçon très près de lui. À notre grande surprise, le moustique est redevenu jaune pâle.

Tout de suite, on a donné du suçon aux autres. C'était du sucre tout simplement qu'ils avaient besoin.

Ma mère en est restée bouche bée devant toute cette complicité dans la classe.

— L'union fait la force, nous félicita-t-elle.

Elle nous aida à faire de petits lits pour les insectes et madame Redingote nous suggéra de faire un insectarium. Les enfants composèrent une petite chanson sur l'air de *Frère Jacques* pour les *bibittes* que tous aimaient tant maintenant.

Les *bibittes*, les *bibittes*

Ça m'excite, ça m'excite

On est tous contents,

On est tous contents

Étonnant, étonnant.

Madame Redingote organisa une très grande fête pour remercier tous ses élèves pour leur aide précieuse. Elle me remit aussi un certificat de « Professeur d'un jour ». Ma mère était fière de moi, et moi aussi.

Roméo passa en courant et encore une fois, il a fait une gaffe. Il a fait tomber les gâteaux de la table et il s'est couché dessus. Tout le monde a bien ri.

TABLE DES MATIÈRES

Des livres pour toi
aux Éditions de la Paix

127, rue Lussier

Saint-Alphonse-de-Granby, Qc J0E 2A0

Téléphone et télécopieur (450) 375-4765

info@editpaix.qc.ca   www.editpaix.qc.ca

Collection DÈS 6 ANS

Hélène Grégoire

Richard, Dollard et Picasso

Luc Durocher

Un Chien pour Tanya

Élise Bouthillier

La Soupe aux nez de bonshommes de neige

Anne Deslauriers

Le Prof d'un jour

Lise Hébert Bédard

L'Arc-en-ciel d'Alexis

C. Claire Mallet

Disparition chez les lutins

Yvan DeMuy

Radar, porté disparu

Sacré Gaston ! [2]

Martine Richard

Tourlou, les troubadours !

Tas-de-plumes et les humains

Aquarine a-t-elle perdu la boule ?

Josée Ouimet

Le Grand Duc

Sélection de Communication Jeunesse

Daphnée, la petite sorcière

Le Paravent chinois

Soraya Benhaddad

La Danse des papillons de nuit

Rollande Saint-Onge

Le Chat qui voulait voler

Claire Daignault

Tranches de petite vie chez les Painchaud

Catherine D. Fournier

Noir, noir charbon

Raymond Paradis

Le Petit Dragon vert

Le Piano qui jouait tout seul

Philippe Jouin

Auguste

Jacinthe Lemay

Zorteil, la mouffette de Pâques [1]

Manon Plouffe

Le Rat de bibliothèque [3]

Clara se fait les dents [3]

Manon Boudreau

La Famille Calicou

Le Magicien à la gomme

Rita Amabili Rivet

Voyage sur Angélica

Collection RÊVES À CONTER

Rollande Saint-Onge

Petites Histoires peut-être vraies (Tome I)

Petites Histoires peut-être vraies (Tome II)

Petits Contes espiègles

Ces trois derniers titres ont leur guide d'animation pour les adultes

---

Documents d'accompagnement disponibles

1 Livre-terrain-de-jeux et cassette de la Chanson du courage (paroles et musique)

2 Cahier d'exploitation pédagogique (nouveau programme)

3 Guide d'accompagnement pour la lecture

4 Pièce de théâtre